I0686619

SIMPLE

VOEU.

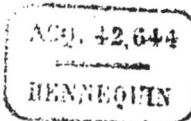

ACQ. 42,644
HENNEQUIN

A BORDEAUX,

DE L'IMPRIMERIE DE J. LEBRETON, RUE DES LOIS Nº. 3.

M. DCCC. XXXI.

SIMPLE VŒU.

L<small>ES</small> constitutions formées par le temps et l'usage sont les plus durables, parce qu'elles sont le produit des mœurs. On peut les appeler *naturelles*, parce qu'elles dérivent du caractère et des habitudes des peuples chez lesquels elles s'introduisent. Elles sont aussi les plus solides, parce qu'elles ne sont pas susceptibles d'interprétations. Il en est bien différemment des constitutions écrites; elles peuvent être un magasin d'armes à la disposition des esprits turbulens.

Il en est des constitutions naturelles comme des climats. Quelque rudes qu'ils soient, on les quitte avec regret, et, quelque imparfaite que soit une constitution, la force de l'habitude y attache. Il est rare que la majorité d'une nation s'en sépare sans peine.

Les gouvernemens ainsi fondés ont sans doute des imperfections comme toutes les choses humaines ; mais elles diminuent progressivement par cette tendance naturelle vers le bien-être, qui est commune aux sociétés comme aux individus. L'état social s'améliore insensiblement et sans secousses. Tel était le gouvernement français jusqu'au règne de Louis XVI.

Les premiers rois de France étaient les chefs et les compagnons de guerriers qui partageaient leur gloire, mais non leur autorité suzeraine. Les peuples n'ont été qu'un instrument de guerre, jusqu'à ce que la religion les aient fait compter pour quelque chose, et que nos rois les aient regardés comme des hommes libres et non comme des esclaves.

Il paraît, dit le président Hainaut, que les états étaient consultés sous saint Louis ; mais alors ils n'étaient composés que des chefs seulement. C'est Philippe le Bel qui y appela le tiers état.

La convocation des états généraux dépendait de l'autorité royale, et ils ne pouvaient présenter que des doléances. Ainsi, tout ce qui a été fait en faveur du peuple a découlé du caractère de bonté des rois qui ont régné sur la France, et elle s'était élevée sous leur tutelle au plus haut degré de puissance. C'est en vertu de cette autorité que Louis XVI convoqua les états généraux en 1789.

Cette assemblée était composée de tout ce que la France possédait de personnages célèbres par l'esprit et le savoir. Une grande partie d'entre eux désirait que leur investigation se bornât à la recherche des abus qui pouvaient s'être introduits dans l'ancien ordre de choses et en conserver les bases. C'était le vœu consigné dans la plus grande partie des cahiers des baillages.

D'autres voulaient modifier le gouvernement d'après le système représentatif établi en Angleterre, système seul à la mode alors, vanté par Montesquieu et prôné par des gens à qui l'anglomanie donnait l'apparence de penseurs.

D'autres guerriers récemment débarqués

d'Amérique, croyant acquérir plus de gloire sous la toge que sous les armes, pensaient qu'un gouvernement établi dans un nouveau monde était le seul qui convînt à l'ancien.

D'autres enfin, en petit nombre, rêvaient la république une et indivisible.

C'est dans cette disposition des esprits que les états généraux, devenus assemblée nationale, furent convertis en assemblée constituante, et Louis XVI fut proclamé le restaurateur de la liberté, à juste titre puisque c'était à son autorité que cette assemblée devait son existence. Cependant, lorsque le roi jugea à propos d'en suspendre les délibérations, Mirabeau dit à celui qui était porteur de ses ordres : « Allez dire à ceux qui vous envoient, » que nous sommes ici par la volonté du » peuple, et que nous n'en sortirons que par » la force des baïonnettes ». Ces paroles contenaient toutes nos révolutions.

L'assemblée nationale donna à la France une constitution qui n'avait pour garantie que le mérite d'être écrite. On l'appela *monarchique*, sans donner au monarque assez d'autorité pour la défendre. Il fut la triste victime de cette utopie. Il ne reste de cette constitution qu'une disposition répétée dans toutes celles qui l'ont suivie, c'est qu'elle serait inviolable.

Toutes ces constitutions ont été écrites; on jura de les respecter toutes, et toutes ont été violées. Le sang français a coulé par torrens, jusqu'à ce qu'un homme sentant sa supériorité sur des ambitieux qui couraient par l'intrigue vers une célébrité fugitive, jugea qu'avec un bon guide, les Français pouvaient acquérir tous les genres de gloire, en législation comme par les armes : il voulut être ce guide et le fut.

Cet homme était Bonaparte. Il fit aussi sa constitution écrite. Il y conserva le nom de république. Tandis qu'il en ménageait ainsi les partisans, il donnait aux amis d'une sage liberté, l'espérance qu'il n'userait du pouvoir que pour arrêter les effets de la licence dont on venait de faire une si funeste épreuve. D'autres le croyaient capable d'une haute et grande pensée qui, au lieu d'une gloire éphémère, eût fait jouir la nation d'un bonheur plus durable.

Mais au moyen de ses lois organiques de

la constitution, d'échelon en échelon et aussi de victoire en victoire, Bonaparte parvint à la toute puissance, et la France sous son empire acquit en gloire ce qu'elle perdit en liberté. Cependant tout rentra dans l'ordre. L'anarchie fut vaincue, les factions subjuguées et la religion dominante vue par le coup d'œil de l'homme d'état fut rétablie, toutes les autres protégées. Il aurait fait oublier jusqu'aux Bourbons, si le peuple eût été heureux. Il n'osait se soulever comme il le fait souvent quand il l'est. Mais il souffrait avec peine les exigences d'une ambition dont il ne profitait pas, sans prévoir que cette ambition contribuerait à l'en affranchir.

Dominateur de la France, Bonaparte voulut l'être de l'Europe, il fut vaincu par elle. En se délivrant, l'Europe délivra la France d'un despote ; mais elle n'influa sur ses futures destinées qu'en facilitant le libre développement des dispositions de la majorité des Français en faveur de leurs rois légitimes.

Louis XVIII est monté sur le trône de ses pères d'après le vœu des Français, rien n'est plus certain (1). Cependant on s'est permis de dire que ce sont les étrangers qui ont imposé un roi à la France, tandis que le peuple est spontanément accouru au devant de Louis XVIII et des princes français, au midi, au nord, à l'est et à l'ouest de la France, avec empressement et enthousiasme. C'est bien alors qu'il a exercé une souveraineté plus effective que celle qu'on veut exercer pour lui ; ou plutôt qu'il a reconnu une souveraineté légitime, sanctionnée par une possession de huit siècles, qui n'a été interrompue que par nos malheurs.

Louis XVIII s'est montré digne d'exercer cette souveraineté en donnant une Charte qui aurait dû finir la révolution, comme la déclaration de Louis XVI aurait pu la prévenir, si les patriotiques vues de ces princes avaient été secondées.

La Charte de 1814, conçue dans les plus pures et les plus paternelles intentions, rédigée avec le concours de patriotes certainement les plus capables et les mieux intentionnés, contenait des concessions d'autant plus solides qu'elles étaient librement accordées.

L'armée parut alors seule mécontente. Elle

regrettait que les champs de la gloire lui fussent interdits sous un prince pacifique dont la sagesse avait ouvert pour long-temps le temple de la paix. Bonaparte profita de cette heureuse disposition, et sa politique sut habilement profiter de celle de ses partisans qu'il n'avait cessé de ménager pour remonter sur le trône.

Sa facile apparition et le succès de son entreprise rendirent l'espoir à ses partisans. Mais, malgré leur zèle et le courage de sa brave armée, il succomba, non sans gloire, dans les champs de Waterloo, et il fut puni d'une aussi audacieuse entreprise par une peine plus cruelle que la mort. Il perdit la liberté, et Louis XVIII remonta sur un trône dont toute sa famille vient d'être précipitée.

Cependant les partisans de Bonaparte n'en furent pas découragés, et ils emploient même encore tous les moyens d'en rappeler le souvenir. Il se forma alors une association des constans amis du despotisme et des amans intéressés des systèmes libéraux dont l'élasticité, si je peux m'exprimer ainsi, favorise l'intrigue, l'ambition, et fournit une ample matière aux spéculations politiques. Elles ont été la cause des entraves mises à la marche du gouvernement royal.

Ici je ne me dissimule pas la défaveur que ma position sociale, mon dévouement à la légitimité, les principes de religion dont je me fais gloire, peuvent me faire encourir.

Mon âge, la rédaction même de cet écrit, peuvent porter à croire qu'il est le produit de vieux préjugés qui voilent à mes yeux les lumières du siècle. On dira que je me suppose une importance bien imaginaire.

J'ai peu à perdre en m'exposant à ces reproches; mais j'aurais plus à craindre si nous étions sous la souveraineté du peuple. Elle est plus formidable que la souveraineté individuelle, qui est toujours exercée par ceux qui s'en font les interprètes, et alors la presse, la pensée même ne sont libres que sous condition.

Mais si j'avais à craindre, je me souviendrais que rien ne doit arrêter lorsque le devoir parle; que je ne suis pas pair de France pour tel ou tel parti, ni pour moi-même, mais pour la France, c'est-à-dire, pour le peuple

français; que je ne dois pas le flatter, mais
le servir en lui faisant connaître avec fran-
chise ce que je crois être de son intérêt.
Le mien ne peut me rendre suspect. Octo-
génaire, sans enfans ni proches collatéraux, le
seul vœu que je forme, c'est de ne pas mourir
avant de voir ma patrie heureuse, et alors de
ne pas vivre long-temps.

Loin de trembler en disant au peuple souverain qu'il ne l'est pas, je lui dirai, ce qui
est bien plus dangereux, qu'il est de son intérêt de ne pas écouter ceux qui ne cherchent
à le lui faire croire que dans le but d'exercer
cette souveraineté sous son nom (2).

La souveraineté se forme naturellement.
Les premières réunions sociales, nées de l'apti-
tude donnée aux hommes de vivre en société,
n'ont pu subsister sans des usages devenus
lois, formés sans aucun système politique,
mais par l'habitude, par l'empire de circonstances dépendantes d'une souveraineté supé-
rieure à toutes les souverainetés humaines.

Leur population a dû s'accroître; le terri-
toire qu'elles habitaient, s'agrandir; leurs
usages ou leurs lois prendre une forme de

gouvernement et devenir naturellement ou monarchique, ou aristocratique, ou enfin démocratique.

On peut dire que tous ces genres de gouvernemens ont été formés par le droit divin, puisqu'ils ont été le résultat naturel des circonstances créées par la Providence. Tant qu'ils sont respectés ou qu'ils n'éprouvent de changemens que par la même cause, la société n'est pas troublée. Elle peut l'être jusque dans ses fondemens, lorsque ces changemens sont livrés aux combinaisons humaines.

Si le peuple réuni en comices veut et peut confier à un homme le dangereux pouvoir de lui donner des lois nouvelles et une forme de gouvernement, ce choix lui-même est une source de discordes, et finit souvent, quelque précaution qu'on prenne, par tomber sur un homme d'autant plus dangereux qu'il a été plus populaire. César fut nommé dictateur amovible, et la dictature perpétuelle lui fut déférée. Cromwel, nommé protecteur de son pays, en a été le tyran sous un fantôme de république, comme ailleurs on a voulu fonder une république sous l'apparence d'une monarchie. Bonaparte est devenu empereur après avoir juré fidélité à la république dont il avait été nommé consul *amovible*.

Mais, si alors les nations perdent la liberté, elles en sont dédommagées par la puissance qu'elles acquièrent sous des chefs dont l'ambition est justifiée par le rare talent de savoir gouverner et conquérir.

Il en est bien autrement lorsque la souveraineté du peuple est confiée ou plutôt conquise par une assemblée. C'est un champ trop favorable aux passions humaines pour qu'il ne soit pas bien vite occupé par l'ambition, l'envie et la jalousie. Là s'établit le combat des partis différens. Jamais découragés, toujours renaissans, tantôt vainqueurs, bientôt vaincus, ils sont aussitôt remplacés par de nouveaux, de jeunes athlètes, aux longs gémissemens du peuple victime de la prétendue souveraineté que l'intrigue lui attribue.

Tel fut le sort de la France depuis l'assemblée dite *constituante*, et celles qui l'ont suivie. Toutes se sont vantées d'avoir travaillé pour le bonheur de la France; aucune n'a réussi, parce qu'elles ont placé la force du gouvernement dans les hommes et non dans les principes. Les principes sauvent les peuples, les hommes les perdent souvent.

Ce bonheur que l'assemblée constituante désirait pour les Français, ils n'en ont joui que deux fois pendant une période de quarante ans, encore d'une manière imparfaite, ce qui nous amène à connaître en quoi peut consister le bonheur des Français, et ce qui en peut être la base.

La France eût été heureuse sous l'empire, parce que la gloire suppléait à la légitimité et le pouvoir à l'affection; la tranquillité était parfaite, mais le bonheur n'était qu'aux armées. Le peuple, qui ne vit pas de gloire, était malheureux par les levées extraordinaires d'hommes sans cesse renouvelés, la rigueur des réquisitions, le poids des impôts et la stagnation du commerce si préjudiciable à l'agriculture.

Sous la monarchie légitime, la liberté individuelle a été respectée, l'agriculture, le commerce et les arts ont prospéré, les armes françaises n'ont rien perdu de leur ancienne gloire ; elles n'ont plus été employées au profit de l'ambition d'un seul, mais pour l'intérêt de l'humanité, de la justice et de la prospérité de l'état ; elles n'ont point excité de craintes aux puissances voisines, bien rassurées par le caractère du chef de la nation. La tranquillité intérieure aurait été parfaite sans l'affligeante association des divers partis.

Le plus sage a été entraîné, pour éviter de plus grands malheurs, loin du but qu'il se proposait d'atteindre ; mais le plus grand malheur pour un gouvernement, c'est de détruire le principe de sa force.

La plupart des ministres qui se sont succédé pendant la restauration, ont eu à combattre le système d'empêcher le développement des moyens que la Charte fournissait au gouvernement pour maintenir l'ordre et la tranquillité publique. C'était dans ce but qu'ils ont voulu non anéantir, mais modifier la liberté de la presse ; non influencer, mais diriger les élections.

Ceux même des ministres qui ont consenti à faire les concessions les plus propres à calmer les esprits, n'ont fait que les aigrir.

Cet état de perturbation était trop affligeant pour qu'il ne fût pas indispensable de le faire cesser. Quel est le moyen que le gouvernement a essayé pour arriver à ce but? A-t-il employé la force des armes? a-t-il attenté à la liberté individuelle? a-t-il mutilé un des pouvoirs, excité un soulèvement contre l'un d'eux? Il n'en avait pas besoin. Le titre de chef suprême de l'état donnait au roi les moyens, lui imposait même le devoir de veiller à sa sûreté intérieure. L'intérêt de la société lui en donnait le droit. Loin de se prévaloir de ce titre comme une émanation du droit divin, ainsi que tant d'autres s'en sont fait un émanant de la souveraineté du peuple, Charles X, religieux observateur de la Charte, n'a voulu trouver sa force que dans les dispositions de l'article 14 bien entendu.

Ici se trouve l'application de l'inconvénient que j'ai signalé des constitutions écrites. L'article 14 de la Charte est devenu un sujet de controverse pour ceux qui n'ont pas voulu l'interpréter dans un esprit d'ordre et de conservation. Cependant il y avait un moyen de le faire en recherchant quelle avait pu être l'intention du législateur. Un de mes collègues l'a indiqué avec beaucoup de sagacité. Voici ce qu'il dit :

« La loi, expression de la volonté du légis-
» lateur, doit être expliquée selon cette vo-
» lonté. C'est son esprit que l'on doit suivre
» lorsque la lettre paraît en opposition avec
» l'intention qui l'a dictée ».

Si l'on oppose que l'opinion du ministre qui interprète cette volonté n'est pas une autorité, le noble pair répond :

« Sans doute, lorsque cette opinion est
» isolée, mais il n'en est pas ainsi lorsqu'elle
» s'explique au nom de la couronne dont la
» sanction donne vie à la loi (3).

On peut ajouter à ces sages considérations, celles prises du caractère de Louis XVIII. Qui ne sait que ce prince joignait au désir du bien public le sentiment qu'il était de sa dignité d'y contribuer autrement qu'en apposant sa signature à des ordonnances, et que son titre de chef suprême de l'état ne permettait pas qu'il fût réduit au rôle de simple spectateur de troubles intérieurs, sans moyen pour en arrêter les suites ?

Les esprits les plus sages pensent que le gouvernement représentatif est le meilleur, lorsque celui qui en est le chef est investi d'une autorité assez forte pour maintenir la tranquillité publique.

Avant de faire usage de cette autorité, Charles X avait fait toutes les concessions qui pouvaient s'accorder avec elle. Leur inutilité nécessitait le développement de la Charte de 1814, qui lui en fournissait les moyens.

Mais l'article 14 s'opposait trop, quoi qu'on en dise, à l'exécution des projets des différens partis, afin qu'ils ne réunissent pas tous leurs moyens pour détruire les justes inductions qui en résultent, et le plus complet de ces moyens était de détruire l'acte qui le contient.

Ainsi, en 1792, l'acte constitutionnel, rédigé par les représentans de la nation, a été déchiré, le roi constitutionnel est monté sur l'échafaud et quarante ans de malheurs ont suivi.

En 1830, le pacte de 1814 a été anéanti, le roi chassé ! ! !

Mon imagination se refuse autant à prévoir les conséquences de cet événement qu'il serait difficile de les deviner ; mais un fait certain, c'est que les partis subsistent après la révolution de 1830 comme après celle de 1792.

Un d'eux veut encore la république pure. Les chefs la proclament ouvertement. Il faut avoir du courage pour en tenter un nouvel essai. S'ils n'ont pas vu celle de 93, ou s'ils ont le malheur d'oublier ce qu'elle a produit, qu'ils se rappellent que Montesquieu a dit que, pendant que Rome conquérait l'univers, il y avait dans ses murs une guerre cachée, et qu'ils craignent de voir le peuple de Paris dicter ses lois aux colonies de Lyon, Bordeaux, Marseille, Rouen, &c., et citer à ses comices les rois qui refuseraient d'être ses tributaires.

Parmi les novateurs de 1792 il est un parti inaperçu alors, très-remarquable sous tous les rapports, mais surtout par sa constance dans des principes adoptés dans l'ardeur de la jeunesse, chez un peuple pour lequel seul ils paraissent être faits. La persévérance de ce peuple dans les institutions qu'il s'est données ne peut faire douter qu'elles ne lui soient pas propres, sans que l'on puisse en induire qu'elles conviennent à d'autres.

Les législateurs américains ont étudié le caractère de leurs compatriotes pour leur donner des lois, ou plutôt les Américains se sont fait eux-mêmes une constitution d'après leur caractère. Mais nos Solon modernes ont décidé que la constitution américaine était la meilleure possible, qu'il fallait la faire adopter au monde entier ; que les Français doivent y accommoder leurs habitudes, leurs inclinations, et même leur caractère ; qu'en réunissant quelques départemens ensemble, on formera la colonie de la Garonne, du Rhône, &c. (car il faut bien se garder de rappeler les noms aristocratiques de Guienne, de Provence, &c.) ; que toutes ces petites républiques arrangeront leurs affaires en famille et enverront leurs députés au congrès général présidé par un magistrat amovible, comme tous les autres, pour satisfaire tous les ambitieux, s'il y en a en France ; que tout cela est chose facile, car tout s'arrange aisément et solidement en France.

Des esprits plus sages ont désiré se rapprocher, il est vrai, du régime républicain, mais en conservant des formes monarchiques, et d'arriver de la monarchie selon la Charte à la monarchie selon la république ; de modifier ainsi ce genre de gouvernement sans mettre aucune modification à la liberté de la presse (4). Quoique j'en sois plus zélé partisan que bien d'autres, je suis très-éloigné de croire que qui que ce soit puisse en user de manière à éloigner les citoyens du respect et de l'obéissance qu'ils doivent aux lois établies et à ceux qui en sont les organes, ou qui sont chargés de les faire exécuter.

Les lois peuvent être imparfaites ou le paraître à quelques esprits. Les actes du pouvoir exécutif et de ses agens peuvent être l'objet de salutaires censures, et quoiqu'il y ait dans le gouvernement constitutionnel des représentans légaux, revêtus d'assez de puissance pour défendre les libertés publiques et privées, il est de l'intérêt de la société que toutes les opinions soient connues à cet égard ; mais elles ne devraient être que l'expression de pensées mûries dans le silence du cabinet.

J'userais de dissimulation si je disais que la même faveur pût être accordée sans dangers en France aux journaux. Je connais l'impopularité de cette opinion ; elle est trop contraire aux intérêts de ceux auxquels la presse périodique donne tant de moyens de la combattre pour qu'il n'y ait pas de la témérité à émettre le vœu que les journaux fussent soumis à de sages précautions. Mais que serait le patriotisme si l'amour-propre et la crainte lui imposaient silence ?

La publicité quotidienne des journaux entrave la marche du gouvernement. Obligé de se défendre sans cesse contre les attaques, il est forcé d'y employer tout son temps et de négliger, malgré lui, les soins de l'administration (5).

La défense des intérêts moraux et politiques du peuple ne peut que gagner à n'être confiée qu'à des plumes sévères. Ces intérêts sont bien supérieurs à des entreprises d'autant plus profitables qu'elles fournissent des alimens aux passions et à l'intrigue.

On a eu raison de le dire, la presse est un pouvoir en France. Il a pour armée ses agens. En vain varie-t-on les moyens d'en punir les excès ; ceux-mêmes qui en sont successivement chargés en éprouvent l'influence. Ce pouvoir est d'autant plus despotique qu'il est fondé sur l'amour-propre de ceux qui l'exercent, et l'intérêt de ceux qui l'exploitent.

La presse n'a pas les mêmes dangers aux États-Unis, où il n'y a pas d'exemple qu'un journal ouvert à l'irréligion ait pu se soutenir. Et pourquoi ? parce que ce peuple a des principes religieux et qu'on les respecte. Le principe religieux des Américains repose sur le fondement du christianisme, l'amour de Dieu et de son prochain, d'où dérive cette liberté de conscience et de culte que l'on veut faire respecter en France par les Catholiques, et que l'on ne veut pas respecter pour eux.

Jamais personne n'a osé dire à la tribune américaine que *la loi doit être athée*. Non seulement les législateurs ne prêchent pas l'athéisme, mais ils n'ont pas honte de proclamer des principes religieux. Et moi, j'ai à craindre un sourire dédaigneux en faisant connaître la formule du serment prescrit par la constitution de la Delaware. Cependant le voici :

« Je N..... fais profession de foi de croire » en Dieu le père, en Jésus-Christ, son fils » unique, et au Saint Esprit ; un seul Dieu

» soit béni à jamais; et je reconnais les saintes
» écritures de l'ancien et du nouveau Testa-
» ment pour avoir été données par une inspi-
» ration divine ».

On peut compter sur la loyauté d'un peuple pour qui une pareille profession de foi
n'est pas une vaine et futile formalité, mais
le gage qu'on pourrait appeler d'une probité
civique aussi nécessaire pour l'ordre et la sûreté de la société que pour les transactions
sociales. De pareilles dispositions doivent être
favorisées par tous les gouvernemens. Je suis
forcé de tourner tristement mes regards vers
la France et de voir avec peine que l'on a
craint d'insérer dans la Charte nouvelle que
la religion catholique, apostolique et romaine
est la religion de l'état. On a laissé détruire
par des factieux les signes qui, dans toutes les
parties du royaume, attestaient cette vérité.
Ces destructions ont affligé la majorité des
Français, et justifié les alarmes des Catholiques qui l'étaient déjà trop par les vexations
de tout genre qu'éprouvent les Ecclésiastiques
dans leurs personnes. Les calomnies débitées
sur leur compte, les plaintes peu réfléchies

sur les frais du culte catholique (6), tout ne fait-il pas craindre que l'on cherche, par des voies déguisées, à faire substituer au culte catholique des cultes quelconques et moins coûteux ?

Si l'on considère l'intérêt matériel des hommes, le culte à bon marché sera préférable à un culte plus cher, mais il en sera différemment si l'on considère leur intérêt moral. A cet égard, il faut avoir recours à des vérités et non pas à des fictions. Le cœur des hommes est en général plus affecté par le spectacle des événemens que par le récit que l'on en fait. Il ne sera qu'ému au récit d'un événement tragique, et pleurera à sa représentation. Ces dispositions sont particulièrement celles des peuples du midi.

Plus on veut rendre un peuple libre, plus il faut le rendre moral ; et le fondement de la morale est la religion. Je ne parle pas de telle ou telle religion, je parle de toutes et en particulier de celle que je professe. Je dis que, si celle-là n'est pas respectée, toutes les autres finiront par ne pas l'être, et un peuple d'athées ne peut exercer qu'un libéralisme dangereux. La religion est une égide pour les riches contre les dangers de la prospérité, et un frein qui empêche les pauvres d'abuser de la liberté, en même temps qu'elle est leur consolation dans les malheurs qui les affligent.

Qu'elle serait dangereuse cette liberté qui laisserait tourner en ridicule une religion quelconque! Détruire ses images comme une superstition, bafouer ses ministres comme des fanatiques! et c'est ce qu'a éprouvé le culte de la majorité des Français.

L'intervalle est court entre le mépris des principes religieux et celui des principes de l'humanité.

L'humanité! cette vertu, dont la divinité rend l'homme susceptible comme pour le rapprocher d'elle, est ouvertement outragée. Les murs de la capitale sont souillés de peintures qui blessent la décence et flétrissent le cœur.

On a entendu des chansons où l'on demandait que les échafauds de 1793 fussent redressés pour des victimes qui, dans leur enfance, y avaient vu monter leurs pères. On a vu publier avec profusion des pamphlets et des caricatures insultant et calomniant le malheur même; et quel malheur! en fut-il jamais de plus sacré? L'Europe s'en est étonnée, et elle les a vengés par les égards et la vénération que méritent tant de vertus.

Espérons qu'un motif de consolation plus puissant parviendra jusqu'à des cœurs plus flétris par l'ingratitude que par le malheur ; c'est que le peuple de Paris fait justice de ces atrocités par son indignation et son mépris.

Je plaindrai ceux qui pourraient blâmer ce juste élan de la reconnaissance et du respect. On ne dira pas au moins qu'il est intéressé, et je répondrai à ceux qui le critiqueraient sous un point de vue politique, que le dévouement que j'ai montré à la branche aînée des Bourbons, je l'eusse montré pour tous les princes de cette illustre maison qui l'auraient représentée, convaincu que tous sont animés de cet esprit de justice et de bonté, qui seul peut faire le bonheur des peuples. Je suis persuadé que la nation doit attendre de l'auguste chef qui la gouverne tout ce que la grandeur d'ame, l'héroïsme, la générosité et le patriotisme peuvent suggérer pour assurer sa tranquillité.

Je ne crois pas que le bien public interdise aujourd'hui l'expansion d'une sensibilité qui s'assortit avec le sujet religieux dont je m'occupe en ce moment, et avec la justice que tous les hommes se doivent. L'injustice provoque les révolutions, la justice les prévient. Elle est due aux intérêts moraux des personnes, intérêts bien supérieurs et indépendans de tous les autres, et c'est de ceux-là seuls dont je m'occupe.

On a dit que lorsque la nation avait entendu de la bouche de Charles X, à l'ouverture de la séance de 1828, la promesse d'un meilleur avenir, ELLE Y AVAIT CRU.

On a eu raison : le fondement de cette confiance residait dans le cœur le plus pur, dans la probité la plus solide, dans l'amour le plus vrai pour la France qui ait jamais animé un prince assis sur le trône.

Charles X méritait d'autant plus cette confiance, qu'à celle que lui inspirait à lui-même sa bonne intention se joignait la conviction qu'elle était partagée par les Français. Cette pensée lui inspirait une telle sécurité, qu'il a cru inutile d'user de précautions pour le succès des mesures qu'il avait jugé à propos de prendre pour la sûreté et le repos de la France. Il est difficile de croire que leur exécution l'eût mise dans un état pire que celui où elle se trouve. Il faut une grande connaissance de l'esprit humain pour savoir combien cette profonde conviction, que ce que nous faisons est juste, a d'empire sur nous, et combien elle nous justifie aux yeux de Dieu et des hommes.

On ne doit pas en induire que tous les réformateurs qui ont agité la France soient justifiés par leurs intentions, car ils se sont donné à eux-mêmes le droit d'interpréter la volonté du peuple, et la suite de leurs utopies a été une succession de malheurs, parce qu'elles n'ont été fondées sur aucun principe de stabilité, et sans aucun égard au caractère et à l'inclination des Français, dont les dispositions ont toujours été contrariées par ceux qui se sont spontanément rendus leurs interprètes.

Par l'assemblée constituante, en renversant l'ancien régime que le vœu national voulait conserver, en n'acceptant pas la paternelle déclaration du mois de juin qui aurait prévenu cette longue révolution.

Par la convention, en commettant un crime dont elle n'a pas osé essayer rendre la nation complice. Elle s'est méfiée même du machiavélisme qu'elle aurait tenté d'employer, pour faire supposer que la nation aurait été complice de ce crime dont la France gémit encore. En formant une république dont la courte durée a prouvé combien ce genre de gouvernement, qu'une faction rêve encore, est opposé au caractère du peuple; et c'est au nom de sa souveraineté qu'ils ont voulu la former.

Par les législateurs de 1795, en donnant cinq rois à la France qui n'en désirait qu'un.

Par Bonaparte, en mettant la nation en guerre avec l'Europe, tandis que ses dispositions la portent à être en paix avec tous ses voisins.

Par la révolution de 1830, en recommençant nos incessantes révolutions.

Ce sont, dit-on, les ordonnances de juillet qui en sont la cause. L'injustice de cette inculpation justifie une naturelle apologie. Ces ordonnances ont été rendues dans le but de paralyser les moyens que les différens partis employaient pour agiter la France. A la vérité, si elles avaient reçu leur exécution, de prétendus interprètes de l'opinion publique n'auraient pas pu la défigurer (7).

Les assemblées électorales auraient été délivrées des cabales qui les déshonorent. On n'aurait plus vu de jeunes étourdis huant ou applaudissant ceux qui y entraient, ou porter en triomphe les vainqueurs et poursuivre avec des injures les vaincus jusqu'à leur domicile. Les manœuvres des partis n'auraient pas pu à l'avenir rendre inutile et odieux un des moyens donnés au gouvernement pour connaître cette opinion publique en renouvelant la chambre des députés. Si les ordonnances eussent été respectées, la France jouirait encore de cette tranquillité dont nous avons vu qu'elle n'a joui, dans l'espace dé quarante ans, que sous l'empire et la légitimité. Elle ne serait pas agitée et l'Europe sous les armes.

S'ensuit-il qu'il faille rappeler Charles X et son fils sur le trône ? Sur cela je dirai toute ma pensée. Si la France manifestait un vœu général à cet égard, je ne doute pas que ces augustes princes n'y consentissent, mais ce serait uniquement par dévouement pour la France; et, quoique je n'aie pas l'honneur d'être leur confident, j'ai la conviction qu'ils ne voudraient pas qu'une goutte de sang coulât pour leur cause : je dirai plus; c'est s'associer aux généreuses pensées de ces princes que de faire tous ses efforts pour prévenir un pareil malheur.

Il y a dans les événemens de ce monde une marche naturelle vers une situation meilleure qui conduirait les hommes, non à cette per-fectibilité morale qu'il n'est pas donné d'at-teindre, mais vers le bien-être, où l'on ne peut arriver que progressivement et non par des secousses.

La force des choses nous a fait rester dans le cercle monarchique malgré tous les efforts tentés pour nous en faire sortir; nous y te-nons encore, mais dans une position fausse, parce qu'elle repose sur un principe que nous avons affaibli en lui donnant une direction qui n'est pas naturelle.

On pourrait induire de tout ce qui précède que, sans être un homme dangereux sous pas un rapport, je suis cependant, par l'opinion, un homme de parti, de la faction des aristocrates, des absolutistes, des carlistes, des ennemis de la presse, de ceux du mouvement, des progrès des lumières, de la tendance à la perfectibilité; que je mérite une de ces qualifications dont on fait un si fatal usage pour exciter les passions; que je suis de la résistance enfin. J'en suis partisan sans doute, mais de la résistance aux actes arbitraires et au désordre. Au gouvernement actuel, nullement, parce qu'il est établi. A son auguste chef, encore moins, parce qu'il est Bourbon, qu'il s'est dévoué, j'en suis convaincu, pour le salut de la patrie.

Jusqu'à présent j'ai raisonné dans l'hypothèse des temps passés, je l'oublie pour ne voir que notre état présent.

C'est la France nouvelle que je considère; je confonds tous les élémens qui peuvent constituer son bonheur; je le cherche, et nous ne pouvons le trouver que dans l'union si désirable de tous les citoyens, dans l'oubli du passé, l'abandon des prétentions individuelles, de ces haines, ces jalousies, ces rivalités qui nous ont été si funestes.

Je prends les choses dans l'état où elles sont. Nous avons une Charte nouvelle ; sans doute elle n'est pas sans défauts, puisqu'elle est l'ouvrage des hommes ; faisons-la reposer sur une base solide, et laissons au temps et à l'expérience le soin d'y apporter les changemens dont elle est susceptible ; ce sont des guides plus sûrs que les théories.

Le ministère a annoncé des vues rassurantes et énergiques. Le président du conseil a dit que le gouvernement connaît sa force, et qu'il ne périra pas. C'est ce qu'ont dit tous les précédens ministres, et ils ont péri. La France n'a pas péri comme eux, mais elle ne cesse d'être tourmentée et les esprits d'être constamment agités ; ils le sont encore aujourd'hui, le ministre l'affirme, et il en est étonné. S'il en eût cherché la cause, il l'aurait trouvée dans l'établissement du principe de la souveraineté du peuple, dont tous les théoristes se prévalent pour faire adopter leurs systèmes qu'ils supposent émanés d'elle.

Les uns disent que le peuple souverain veut une république pure, d'autres une république représentative ; ceux-ci une monarchie selon la Charte, ceux-là une monarchie selon la république; sorte de quasi-contrats qui pourraient être considérés, j'ose le dire, comme des jeux d'enfans, s'ils ne faisaient pas le malheur des peuples; d'autres même, qui professent la souveraineté du peuple, s'en servent pour le soumettre au régime despotique de Bonaparte. Au milieu de ces tergiversations, il a bien fallu qu'un des partis triomphât comme tant d'autres depuis quarante ans, et ils ont tous péri pour s'être attachés à des théories au lieu de principe.

Le parti qui voulait l'ordre monarchique constitutionnel, tel que la Charte de 1830 l'a fait, a triomphé; mais les partis qui combattaient l'ancien gouvernement sont loin d'être abattus. Fortes du principe de la souveraineté du peuple, les factions coalisées pour ce mouvement perpétuel, ne se contentant pas d'agiter la France depuis quarante ans, ont voulu imposer aussi leurs lois à l'Europe gémissant, d'après elles, sous une civilisation imparfaite. Une armée de leurs émissaires a suppléé à la difficulté de correspondance avec leurs associés étrangers et à l'introduction chez nos voisins des ouvrages que la liberté de la presse multiplie en France avec profusion. Ces vers rongeurs, si je peux m'exprimer ainsi, et cette armée sont infatigables, invulnérables et se recrutent sans cesse.

Il ne faut pas se dissimuler que le parti qui a triomphé a combattu avec les autres l'ancien gouvernement, que c'est avec eux et peut-être par eux que la victoire de juillet a été remportée sous l'étendard de la souveraineté du peuple ; c'est sous ce signe qu'ont succombé la légitimité et la branche aînée des Bourbons.

Ainsi l'agitation manifestée presqu'en même temps en Europe n'a pu être attribuée qu'à la propagation chez l'étranger du même principe et par les mêmes moteurs.

Si les gens sages ont reconnu la nécessité d'arrêter en France l'extension que les partisans de la république et du bonapartisme voulaient donner au principe de la souveraineté du peuple, il n'est pas étonnant que les Souverains aient craint que l'introduction du même principe chez eux n'eût les mêmes conséquences. C'est sans doute pour les rassurer que le gouvernement s'est empressé d'annoncer son principe de non intervention ; mais ce principe suffit-il pour tranquilliser les Souverains sur les trames ourdies contre la légitimité chez eux, lorsque l'une d'elles et la plus innocente a succombé ?

La légitimité est la patronne des gouvernemens monarchiques, comme la prescription l'est de l'ordre social. Respectée pendant huit cents ans en France, elle lui a donné Philippe de Valois, François Iᵉʳ, Henri IV, la prospérité et la gloire. C'est par elle que le peuple a joui de seize ans de bonheur au milieu des agitations qui depuis quarante ans désolent la France. Constant dans son affection pour elle, le peuple français a lutté contre les factions diverses, et a dissipé les fantômes de gouvernemens créés par elles.

Si la légitimité a trouvé place dans la Charte de 1830, n'est-ce pas un dépôt confié au digne descendant d'Henri IV ? Et cet espoir est aussi respectueux pour cet auguste prince que sa réalisation serait heureuse pour la France.

Henri IV disait à ses soldats : *Sauvez les Français.* Espérons que l'illustre prince qui tient dans ses mains les destinées de la France, sauvera les Français des factions qui les déchirent. Il dira à ses précieux enfans, comme Henri IV aux princes de son sang : *Souvenez-vous que vous êtes du sang des Bourbons ;* ils répondront comme eux : *Nous montrerons que le sang du bon et généreux Béarnais coule dans nos veines.* Enfin, Louis-Philippe dira à tous les Français comme Henri : *Ralliez-vous à mon panache blanc, vous le trouverez toujours dans le chemin de la gloire et de l'honneur.*

Que la couronne placée par la légitimité sur la tête de Louis XV, généreusement et glorieusement défendue par l'illustre régent, soit placée sur le front d'Henri V par un autre Philippe, la France sera à ses pieds ; une couronne immortelle ceindra sa tête, et l'Europe révérera son nom, car elle lui devra sa tranquillité.

Il est digne de l'auguste prince qui veille sur nos destinées, et de son gouvernement, de s'élever au dessus des illusions qui ont été la cause de nos égaremens et de nos malheurs.

Notre révolution a commencé par une maladroite imitation de la constitution anglaise, et il semble qu'on a voulu nous en faire jouer le dernier drame. S'il est temps de cesser d'être les serviles imitateurs de l'Angleterre, il est sage de prendre des leçons dans son histoire.

Sans chercher les causes de la révolution de 1688 et de celle de 1830, il faut considérer les résultats de la première et ceux que pourrait avoir la seconde. Guillaume ne fut pas heureux sur le trône, il fut assailli de contradictions pénibles, son avènement fut suivi de guerres qui consommèrent trois règnes, et firent, pendant soixante ans, le malheur du peuple, toujours victime des dissensions publiques. On a donné pour cause de ces longues guerres, le désir des puissances étrangères de rétablir les Stuarts sur le trône, comme si les Souverains avaient pour guide une politique sentimentale, dégagée de tout intérêt pour eux et leurs états, auprès desquels les liens mêmes du sang ne sont rien. Louis XIV, prêt à abandonner la cause de son petit-fils, aurait-il soutenu celle d'un prince qui n'avait été que son allié, s'il n'avait eu pour but de diminuer la prépondérance d'une puissance rivale.

Sans doute, les Souverains seront toujours

empressés de se mêler des malheureuses discordes de leurs voisins pour en profiter ; et si
quelquefois, par une maladroite et inhumaine
politique, ils laissent lentement monter sur
l'échafaud la royale victime d'un funeste aveu-
glement, la justice divine s'arme pour en punir
les peuples et les rois. Mais leur devoir n'est
point de se mêler des intérêts d'un prince
voisin, à moins que les leurs ou ceux des
peuples qui leur sont confiés ne soient com-
promis.

Si le principe de la souveraineté du peuple
n'était qu'une théorie dont les conséquences dépendissent du droit divin, comme
toutes les autorités soit royales, soit républi-
caines ; si son application n'avait pas lieu
dans un gouvernement déjà constitué, et où
la légitimité avait pour garant la responsabilité
des ministres, les Souverains étrangers n'auraient eu aucun sujet d'intervention. Mais,
lorsque l'orage qui gronde sur toutes les têtes
couronnées, est tombé sur la plus innocente
des légitimités et a menacé toutes les autres, il
faut plus que des protestations pour les rassurer.

Ce n'est pas par des apprêts militaires que l'on y réussira ; plus ils seront formidables, moins ils rempliront ce but. C'est en rentrant dans la voie salutaire des monarchies, la légitimité qui peut seule les rendre populaires.

Quelle considération pourrait mettre obstacle à cet heureux retour ? ce n'est pas certainement le principe de la souveraineté du peuple. Pourrait-on, après l'avoir reconnu, lui en interdire l'exercice ? Et en l'admettant, le peuple français peut bien faire aujourd'hui ce que le peuple de Paris a fait en juillet en son nom.

Qui contesterait la légitimité d'une reconnaissance faite par le sublime accord d'un prince magnanime et des deux chambres, reconnaissance légale s'il en fut jamais, puisqu'elle serait conforme à tous les principes, soit qu'on invoque la souveraineté du peuple ou le droit divin, mais bien plus encore par la suprême loi du salut du peuple ?

Vainement chercherait-on un autre moyen de terminer nos longues agitations ; on ne peut, sans frémir, penser qu'il peut y avoir des gens qui croient que l'on n'y parviendra qu'en passant par l'anarchie et la guerre civile. Si cette formidable route pouvait nous mener à une constitution sans défauts, on hésiterait encore de sacrifier toute une génération au bonheur de la postérité.

Depuis quarante ans on flatte le peuple d'une prospérité future, que chacun lui promet suivant des variantes de monarchie, de république, et les différens essais que l'on en fait font regretter jusqu'au despotisme de Bonaparte.

Cet homme étonnant vainquit les factions pour asservir la France. Louis-Philippe, destiné à une gloire plus solide, les vaincra pour la sauver. Bonaparte a trouvé des hommes pour seconder ses desseins ambitieux, Louis-Philippe en trouvera qui seconderont une noble et généreuse résolution dont dépendent le bonheur de la France et la tranquillité de l'Europe. Mais le sage président du conseil des ministres apprendra à ceux de ses collègues qui en auraient besoin, que ce n'est pas avec des moyens héréditaires du despotisme que l'on fonde la liberté, mais avec la justice et la modération.

Si la majorité des Français, celle qui porte le poids du jour, ces agriculteurs utiles, ces industrieux fabricans, ces artistes ingénieux composant cette brave garde nationale qui a comprimé à Paris les excès des factieux, et qui maintient la tranquillité en France, ne fait pas partie des assemblées électorales, elle doit espérer que les électeurs qui la représenteront, n'éliront pas pour députés ces hommes à théories que le désir de la célébrité anime, que la haine aveugle, qui ne voient le bonheur du peuple qu'à travers les besoins de leur ambition; qu'ils choisiront des amis de l'ordre et de la tranquillité, sans lesquels le commerce ne peut prospérer, ni l'agriculture fleurir. Cet ordre et cette tranquillité seront toujours incertains, s'ils ne reposent pas sur une base solide.

En se replaçant sous les lois de la légitimité, et il en est tems encore, les troubles intérieurs seront sans motif, les extérieurs sans prétexte. La Charte de 1830 pourra alors recevoir tout son développement sous la protection d'un prince dont les principes politiques sont connus. Le gouvernement aura alors la force nécessaire pour la faire respecter, et le successeur légitime de soixante rois apprendra que si les peuples doivent respecter la légitimité des rois pour leur intérêt, les rois doivent respecter les libertés publiques pour le leur.

Ce simple vœu n'est pas une chimère, puisqu'il ne dépend que de la sagesse de la nation pour qu'il s'accomplisse.

Sans doute, il est difficile d'espérer un accord unanime, mais il est du devoir de tous les bons citoyens d'y concourir par une constante coopération aux actes du gouvernement. C'est alors qu'il aura la force qu'il ne peut trouver dans un nouvel ordre de choses, ouvrage de circonstance et résultat sans base de passions diverses. C'est alors qu'il donnera du poids au principe de non intervention, et qu'il ôtera aux étrangers tout prétexte d'agression, pourvu que l'on n'accorde pas une dangereuse protection aux Français qui se permettent d'aller semer des germes de discordes chez nos voisins.

L'intervention ne peut être justifiée que par l'intérêt du pays. Quel est celui de la France pour se mêler des troubles de la Pologne et de la Belgique? Sans doute on doit gémir du sort de la première et plaindre la seconde ; mais nos finances, notre agriculture,

notre commerce, sont-ils dans un état assez
prospère et sommes-nous assez tranquilles pour
que nous devions nous occuper de nos voisins?
Que nous importe que la Belgique soit sous
l'influence de la Hollande? Celle de l'Autriche
sur ces provinces a-t-elle empêché l'agrandisse-
ment de la France sous nos rois? Craignons
de nous faire soupçonner de vouloir l'augmen-
ter et de nous exposer à des guerres intermi-
nables.

Ce n'est pas que nous devions être specta-
teurs insoucians de ces grands différends. Mais
le zèle patriotique de l'habile négociateur de
la France est trop connu pour que l'on puisse
douter qu'il n'ait principalement en vue, dans
ces importans débats, l'intérêt de son pays.
Celui de la Russie et de la Hollande est de
conserver leur domination; le nôtre n'est pas
de former, de nouveau, des desseins ambitieux, inutiles à notre honneur et à notre
gloire. Le développement des forces de l'Europe prouve assez que la France est toujours
à ses yeux la grande nation par sa bravoure et
sa puissance, et j'ose croire que, par l'adoption
de ce simple vœu, elle paraîtrait l'être encore
plus par sa prudence.

NOTES.

NOTE 1re, *page 8.*

Il est de mon devoir, comme premier magistrat des Bordelais alors, de nier formellement qu'ils se soient soumis au joug de l'étranger.

Le maréchal Béresford, qui commandait le détachement anglais, se dirigeant sur Bordeaux, me fit demander quelles étaient les dispositions de la ville à son égard. Je lui fis répondre que j'irai moi-même le lui apprendre. Je ne voulais pas que les Anglais entrassent dans la ville comme vainqueurs.

En abordant ce général à quelque distance de la ville, je lui dis que les Bordelais le recevraient comme allié de leur roi légitime Louis XVIII. M. le maréchal Béresford me répondit qu'il ne venait point pour influencer la détermination des Bordelais ; qu'ils étaient les maîtres de prendre la cocarde blanche ou noire à leur volonté. La cocarde blanche était déjà sur tous les chapeaux. Le drapeau blanc flottait sur la tour St. Michel. Le duc de Wellington, qui savait que son gouvernement négociait alors avec Bonaparte, blâma ma proclamation et en témoigna son mécontentement à Mgr. le Duc d'Angoulême.

Elevé depuis à la dignité de Pair de France, je dois en remplir les devoirs tant que l'on ne m'en interdira pas les moyens. Comme homme de la nation, je dirai donc qu'on la calomnie lorsque l'on prétend qu'elle s'est laissé imposer la loi par qui que ce soit.

NOTE 2, *page 12.*

« Louis XI disait sans cesse *qu'il préférait l'attachement* » *des bourgeois à la foi douteuse des grands*. Le principe de » la souveraineté du peuple, par qui fut-il mis en avant pour » la première fois? Les monumens de l'histoire n'en accusent pas » le tiers état, mais les princes lorrains, qui voulaient donner » de la puissance au vœu de la nation, et se servir de ce vœu » pour commencer une nouvelle dynastie ».

(*De la Révolution française,* par M. Necker, tome Ier, pag. 97, édit. de 1797.)

NOTE 3, *page 18.*

M. le duc Decazes dans une séance de la chambre des Pairs.

NOTE 4, *page 22.*

Je comparerai les dangers de la presse à l'impression simultanée que ferait sur l'esprit du peuple français la voix des journalistes, si, plus forte que celle de Stentor, elle pouvait être entendue dans tout le royaume à la fois. Son effet serait sans doute de l'assourdir; mais ce n'est malheureusement pas celt de la presse. Par la facilité des communications, une maxim dangereuse pour la tranquillité de l'état parvient aujourd'hu presque aussi promptement que la parole sur tous les points d royaume. Ne serait-il pas plus sage de faire taire la voix d Stentor avant que l'incendie fût allumé, que de le puni après qu'elle aura fait ses ravages ?

NOTE 5, *page* 23.

Les contrariétés qu'ont éprouvées les ministres les ont empêchés de s'occuper de choses qui intéressaient bien plus le peuple que les débats des différens partis.

N'est-il pas affligeant qu'ils n'aient pas cherché les moyens de diminuer les frais de l'administration publique, et qu'on l'ait conservée telle qu'elle était sous l'empire ?

On a paru vouloir s'en occuper une fois sous le ministère de M. Barbé-Marbois, alors garde des sceaux. Il fut question de diminuer le nombre des cours royales, de supprimer notamment celle d'Angers. Ce projet n'a pas eu de suites, et rien n'a été tenté depuis à cet égard, quoiqu'il soit évident qu'il serait possible de faire des réductions dans l'ordre judiciaire, et vraisemblablement aussi dans l'ordre administratif, et de diminuer ainsi les frais d'administration.

La perte de nos colonies, la suppression du clergé régulier, les succès de la vaccine augmentent tous les jours la population. Ne pourrait-on pas en occuper une partie dans le défrichement des landes, &c., &c. ?

NOTE 6, *page* 26.

Au sujet du culte catholique, je ne crois pas être en erreur si je dis que c'est à tort que l'on se sert ordinairement de cette expression, *les biens du clergé.* Ceux dont il jouissait n'étaient pas plus sa propriété que les biens de la couronne ne sont la propriété du roi. Ces biens appartenaient à l'association catholique.

NOTE 7, *page* 32.

Les journaux quotidiens n'auraient pas pu, si je puis m'exprimer ainsi, tirer ce malheureux peuple français tantôt à droite, tantôt à gauche. L'un n'aurait pas pu lui dire : C'est moi qui suis l'interprète de l'opinion publique; l'autre, non, c'est moi. Cette opinion eût été manifestée par les organes que la loi lui donne, par la voie des pétitions ouverte à tout le monde, et par des ouvrages sérieux non dictés par le désir de la célébrité, ou celui d'acquérir une dangereuse popularité, mais par celui du bonheur des hommes et de la France en particulier.

www.ingramcontent.com/pod-product-compliance
Lightning Source LLC
Chambersburg PA
CBHW071251210626
46818CB00013B/1160